D1081769

Top
secret

Catalogage avant publication de Bibliothèque et Archives
nationales du Québec et Bibliothèque et Archives Canada

Mercier, Johanne

  Top secret

  (Le Trio rigolo ; 25)
  Pour les jeunes de 10 ans et plus.

  ISBN 978-2-89591-171-5

  I. Cantin, Reynald. II. Vachon, Hélène, 1947-   . III. Rousseau, May, 1957-   .
IV. Titre. V. Collection: Mercier, Johanne. Trio rigolo ; 25.

PS8576.E687T662 2013   jC843'.54   C2012-942152-9
PS9576.E687T662 2013

Tous droits réservés
Dépôts légaux: 1er trimestre 2013
Bibliothèque nationale du Québec
Bibliothèque nationale du Canada
ISBN 978-2-89591-171-5

© 2013 Les éditions FouLire inc.
4339, rue des Bécassines
Québec (Québec) G1G 1V5
CANADA
Téléphone: 418 628-4029
Sans frais depuis l'Amérique du Nord: 1 877 628-4029
Télécopie: 418 628-4801
info@foulire.com

Les éditions FouLire reconnaissent l'aide financière du gouvernement
du Canada par l'entremise du Programme d'aide au développement de
l'industrie de l'édition (PADIÉ) pour leurs activités d'édition.

Elles remercient la Société de développement des entreprises culturelles du
Québec (SODEC) pour son aide à l'édition et à la promotion.

Elles remercient également le Conseil des Arts du Canada de l'aide accordée
à leur programme de publication.

Gouvernement du Québec – Programme de crédit d'impôt pour l'édition de
livres – gestion SODEC.

IMPRIMÉ AU CANADA/PRINTED IN CANADA

Top secret

AUTEURS ET PERSONNAGES :

JOHANNE MERCIER • *Laurence*
REYNALD CANTIN • *Yo*
HÉLÈNE VACHON • *Daphné*

ILLUSTRATRICE :

MAY ROUSSEAU

Le Trio rigolo

LAURENCE

« Un secret, c'est un poison.
Une torture. Vaut mieux ne
rien savoir, si on doit tout
garder pour soi. »

J'ai tout entendu. Je n'ai pas voulu commettre d'indiscrétion. Je n'ai pas espionné de conversation non plus. J'étais au mauvais endroit au mauvais moment. Que voulez-vous ? Je ne pouvais pas prévoir qu'en passant tranquillement de ma chambre au salon, j'entendrais parler du pire scandale en ville.

– Vous me jurez de ne rien répéter ? s'énerve ma tante Doris, assise à la table avec mes parents.

Elle insiste. Elle les supplie de garder le secret.

– On ne dira rien, la rassure ma mère.

– À personne?

– Mais à qui veux-tu qu'on raconte une histoire d'horreur pareille? soupire mon père.

Et moi?

Je suis pétrifiée au milieu du salon. Prisonnière d'un secret qui pourrait bouleverser la population entière, si jamais je le révélais. Et je dois me taire? Faire comme si je ne savais rien? Étudier, manger, sourire, dormir et continuer ma vie comme avant?

Impossible!

Un secret, c'est un poison. Une torture. Vaut mieux ne rien savoir, si on doit tout garder pour soi. J'ai même l'impression de vous en avoir trop dit.

Quel cauchemar!

Oubliez tout!

Je suis au cinéma avec Geneviève.

Mes yeux sont rivés sur l'écran. J'ai l'air absorbée par le film, mais je n'écoute pas. J'oublie même de manger mon *pop-corn*, c'est vous dire...

Je me demande si mes parents pourront garder le secret, eux. Réussiront-ils? Peut-être qu'ils ont déjà tout raconté, à l'heure qu'il est! Peut-être même qu'ils ont mis les policiers dans le coup? Ce qui serait une bonne idée...

Pour moi, la situation est intenable. Je me sens piégée. Si je parle, je vais me sentir coupable de trahison envers ma tante Doris, mais si je ne dis rien, je serai rongée par les remords...

Aaaaah! Ma vie est un éternel dilemme.

Au fond, peut-être que Geneviève m'aiderait à clarifier la situation. Je suis certaine qu'elle n'irait pas tout raconter.

Enfin, je pense. Du moins, j'espère.

Je me penche vers elle…

– Ge…?

– Chuuuut!

Je comprends que ce n'est pas le moment. L'histoire du gars amoureux de la fille, qui préfère son frère, qui part à la guerre, captive Geneviève. Habituellement, j'adore ce genre d'histoire d'amour impossible moi aussi, mais pas aujourd'hui. Je n'ai vraiment pas la tête à ça.

J'attends.

Jamais un film ne m'a paru si long.

Quand les lumières s'allument enfin, Geneviève soupire...

– Quelle fin ! Avais-tu compris, toi, que Maria était la sœur jumelle de Lucianna ?

Je n'avais pas compris, non.

Sur le chemin du retour, Geneviève parle, parle, parle. Quand elle reprend enfin son souffle, je me lance :

– Ge, peux-tu garder un secret ?

Elle s'arrête de marcher. Elle est offusquée.

– Tu me demandes à moi, ta meilleure amie depuis la maternelle, si je peux garder un secret ? Moi qui te raconte toujours tout ? Moi qui...

– C'est un secret très grave, Ge...

– Un secret que tu gardes depuis des années ?

– Seulement depuis tantôt, mais c'est tellement horrible...

On s'assoit sur les marches devant l'église. J'hésite un peu. Geneviève promet encore d'être discrète.

J'hésite toujours.

Quand votre meilleure amie jure sur la tête de chacun des membres de sa famille qu'elle ne répétera jamais votre secret à personne, à mon avis, vous pouvez avoir pleinement confiance.

Je me sens beaucoup mieux. Geneviève, par contre, n'a pas l'air bien depuis qu'elle sait tout. Elle est toute pâle.

– J'ai vraiment mal au cœur, Laurence...

14

– Normal. Je pensais être malade, moi aussi, quand je l'ai appris.

– Es-tu certaine d'avoir bien entendu ?

– Vingt fois que tu me le demandes, Ge. J'étais juste à côté de la salle à manger quand ma tante Doris en a parlé.

– Un restaurant qui sert du chat ! Penses-y ! Du CHAT !

– Je sais, finir dans une casserole, c'est pas une vie.

– Ce n'est pas le pire, Laurence ! J'ai mangé au restaurant Le Grand Duc, avec mes parents, au jour de l'An !

– Ouache !

– J'ai des crampes. Je te jure, ça passe pas...

Elle se tient le ventre. Elle est pliée en deux et pousse des gémissements.

– Ça fait quand même huit mois, Geneviève. T'exagères pas un peu ?

– Moi, j'exagère ? J'ai mangé du rat, Laurence !

– Pas du rat, Ge. Du chat !

– C'est pareil. Les chats mangent les rats ! Les rats vivent dans les égouts. J'ai mangé des restes d'égouts !

Vu comme ça...

Le restaurant Le Grand Duc n'est pas vraiment le genre d'endroit où l'on peut aller dévorer une poutine après le cinéma. C'est un resto chic, avec des nappes blanches, de petits lampions sur les tables et des lumières assez tamisées pour ne pas pouvoir distinguer clairement ce qu'on nous sert. Méfiez-vous ! C'est toujours un

16

peu louche, un resto chic et sombre. Moi, je dis qu'un chef fier de ses plats ne sent pas le besoin de les servir dans l'obscurité.

Geneviève et moi, on est postées à l'entrée du Grand Duc, ce soir. Le restaurant est plutôt désert. Quelques clients naïfs entrent avec de grands sourires. Ils ont l'air en santé... pour le moment, du moins.

– Si les gens savaient ce qu'ils vont manger… marmonne Geneviève en lisant à voix haute le menu affiché à l'entrée: «Escalopes de chat parmigiana, osso buco de chat, pâté aux trois chats, chat basquaise, chat au poivre rose avec son coulis de…»

– C'est beau, Ge. Tu ne vas pas passer tout le menu comme ça!

– Chaudrée de chats échaudés…

– Viens-t'en! On reste pas ici.

Elle refuse de bouger.

– Viens, Ge!

– On peut pas laisser les clients s'empoisonner sans rien faire, Laurence. C'est notre devoir! On pourrait même se retrouver en prison si les autorités apprenaient qu'on savait tout et qu'on n'a pas agi. On pourrait être accusées de non-assistance à personne en danger.

– Quand même pas...

– Laurence, veux-tu finir en prison?

– Non.

– Suis-moi! On va aller vérifier le contenu des poubelles derrière le resto! On va sûrement trouver des carcasses de chats. Ce sera notre preuve! Ensuite, on ira au poste de police...

– Oublie ça, Ge. Je fouillerai pas dans les vidanges et j'ai vraiment pas envie de me promener avec des carcasses de chats.

Elle est déçue.

– Bon. Tu préfères entrer dans la salle à manger, hurler aux clients qu'ils sont en train de bouffer du chat et partir en courant?

J'ai une solution moins spectaculaire, mais elle me semble tout aussi efficace.

– On va alerter les médias. Ils vont faire une enquête, révéler la vérité et on aura la conscience tranquille.

Elle réfléchit un peu et finit par me lancer :

– GÉNIAL, Laurence ! Je sais exactement par où commencer !

Incroyable, la vie. Un jour, on se sent inutile, on tourne en rond, on ne sait pas quoi faire de ses dix doigts et le lendemain, la santé de la population est entre nos mains. Notre mission est grande, notre plan est simple, notre détermination est sans limites.

Cet après-midi, Geneviève va tout raconter à la radio, pendant l'émission de tribune téléphonique. Les gens appellent généralement pour se plaindre de tout et de rien. Mais nous, nous avons une urgence!

Notre déclaration sauvera des vies! Des vies de chats, du moins. Ce qui est déjà beaucoup.

– Je me demande si les chats qu'on mange ont quand même neuf vies, Ge...

– Probablement pas, Laurence. C'est ça qui est triste...

– Pauv'tits.

Le scandale risque d'éclater dans quelques minutes. Geneviève est emballée. Elle répète qu'on pourrait devenir une sorte de superhéros qui sauvent la vie des gens, mais de façon tout à fait anonyme. Un peu comme Spiderman.

J'aime l'idée de sauver des vies.

J'aime moins l'idée d'avoir un costume avec une cape.

À la radio, les gens appellent pour parler de politique municipale, de stationnement, de travaux et de déneigement. C'est le thème de l'émission.

– C'est pas vraiment le sujet du jour, Ge…

– Si on attend que le sujet du jour soit : les restaurants qui servent des animaux de compagnie en sauce, on risque d'attendre longtemps, Laurence !

Elle a encore raison.

Ce n'est pas pour rien qu'elle est ma meilleure amie. On se complète parfaitement bien, elle et moi.

– OK ! J'ai noté le numéro. Go, Laurence ! Appelle ! Raconte tout ce que tu sais !

– Hein? Moi? Pourquoi ce serait moi qui parlerais? C'est ton idée, la tribune téléphonique à la radio!

– C'est toi le témoin principal dans cette affaire, Laurence! C'est toi qui as tout entendu!

– Mais c'est toi qui as mangé du chat au jour de l'An!

– C'est ton téléphone! C'est ta chambre! C'est ta tante Doris. Allez!

– T'es meilleure que moi, Ge... steplaîîît! Appelle, toi...

Je lui tends le téléphone.

– Misère, Laurence... L'émission achève!

Elle me rend le téléphone.

– C'est trop gênant...

– Y a rien de gênant! À la radio, personne sait qui parle! Allez!

Je lui redonne l'appareil. Elle soupire et elle compose enfin le numéro du poste de radio!

Yé!

La téléphoniste questionne Geneviève. Elle veut savoir un peu de quoi elle va discuter en ondes et elle la met en attente. Geneviève a prétendu vouloir donner son opinion sur la politique de sa petite municipalité. Elle a ajouté qu'elle va raconter comment le maire a réglé, une fois pour toutes, le problème de stationnement dans sa rue. Elle a donné un faux nom et elle a changé sa voix. Elle est mon idole.

Tout est tellement parfait!

– Nous parlons maintenant à madame Gilberte Saint-Amand de Saint-Rédempteur, annonce l'animateur.

Gilberte Saint-Amand de Saint-Rédempteur, c'est Geneviève! Daaah! Elle est en ondes! C'est vraiment excitant!

– Booon... jouuur! fait mon amie, en prenant une petite voix chevrotante de mémé de 125 ans.

– Madame Saint-Amand?

– Au restaurant Le Grand Duc, ils servent du chat! Hihihihihihi!

La ligne est coupée.

– On passe à un autre appel! fait rapidement l'animateur, excédé.

Geneviève est crampée de rire. C'est raté. Personne ne prendra cette déclaration au sérieux.

– C'est trop stressant, Laurence. J'ai pas pu.

On ne se complète peut-être pas si bien, elle et moi, finalement.

Quoi faire, maintenant?

– Si au moins on connaissait quelqu'un qui peut faire un reportage sérieux…

– J'ai peut-être une bonne idée! annonce Geneviève.

Je lui donne une deuxième chance.

La dame du ministère de l'Agriculture, des Pêcheries et de l'Alimentation du Québec (le MAPAQ) insiste. Elle veut absolument qu'on dévoile la source de l'information. Or je ne peux évidemment pas la divulguer. Je refuse de nommer ma tante Doris. Déjà qu'en ce moment, je me sens coupable d'avoir trahi son secret.

Geneviève reste discrète aussi. Nous sommes dans un petit bureau. Assises toutes les deux au bout de notre chaise devant une dame qui avait l'air gentille au début de la rencontre, mais qui est de moins en moins patiente avec nous.

– Je dois savoir le nom de la personne qui vous a donné cette information, répète la dame. Ici, on n'ouvre pas une enquête sur le premier potin de quartier...

– Désolée, c'est impossible.

– Et c'est pas un potin de quartier ! précise Geneviève.

– Donc, si j'ai bien compris, la personne aurait été intoxiquée après une visite dans ce restaurant.

– Pas elle, moi ! affirme Geneviève.

Elle écarquille les yeux et prend son crayon. Elle semble enfin intéressée à l'histoire.

– Vomissements? Nausées? Crampes? Fièvre? Engourdissements? Maux de tête? Étourdissements?

– Tout ça. C'est clair que j'ai fait une intolérance au chat.

– Les symptômes sont arrivés combien de temps après le repas? Une heure? Deux heures? Le lendemain?

– Quand j'ai appris ce que j'avais mangé.

– Connaissez-vous des gens qui se sont plaints des mêmes maux?

– Non.

– Avez-vous vu des traces d'insalubrité dans le restaurant?

– Des traces de quoi?

Elle se lève. Je m'inquiète.

– C'est tout?

Elle ouvre la porte de son bureau.

– Est-ce que vous allez commencer une enquête ?

Elle ne répond pas. La rencontre a duré sept minutes. Y compris le temps où elle a parlé au téléphone et celui qu'elle a mis pour aller se chercher un café.

Je ne suis pas certaine que notre témoignage a été pris au sérieux. Geneviève non plus. À nous deux, on n'y arrivera jamais.

Nous manquons de preuves.

Sur le trottoir, nous marchons en silence. Deux détectives cherchant la clé d'une énigme. Comment coincer le propriétaire du restaurant Le Grand Duc sans trahir ma tante Doris ?

Comment trouver des pièces à conviction ?

Un gros chat bien dodu traverse la rue. Je ne peux m'empêcher de penser qu'il va finir en ragoût, le pauvre...

– Suivons-le! me lance soudain Geneviève, illuminée.

– Suivons qui?

– Le gros chat menacé! Bien des chances qu'il nous mène aux criminels! Il y a sûrement un réseau de fournisseurs de matous.

C'est parti.

On joue à filer le félin. Patiemment. Tout l'après-midi. Nous le traquons partout. Dans les ruelles, dans les poubelles et jusque chez...

– Madame TRUDEL!!! hurle Geneviève. Ce serait elle qui attirerait les chats dans sa maison et qui les fournirait au resto?

– C'est son chat, Ge.

– Madame Trudel est coupable jusqu'à preuve du contraire!

– Chuuut! Elle est là!

Je pousse Geneviève derrière la haie. On s'accroupit.

– Miaououou! fait vous savez qui dans les bras de madame Trudel.

Nous assistons à d'émouvantes retrouvailles.

– Meuh oui, maman s'est ennuyée… meuh oui, mon gros minet d'amour chéri que j'aime!

Bon, bon, bon.

– On n'avait pas la bonne piste, mais on avait une bonne idée. On va suivre un autre chat, Laurence!

– Moi, je rentre, Ge.

Il faut trouver quelqu'un de sérieux pour mener cette affaire. Mais qui?

Qui pourrait nous aider ?

Mon grand frère est assis à la table de la cuisine. Penché au-dessus d'un devoir, les écouteurs sur les oreilles, son ordinateur portable ouvert à sa droite, son iPod à sa gauche, son livre de sciences au milieu.

– Jules, faut vraiment que je te parle ! C'est très, très, très grave…

Il lève une seule oreille de ses écouteurs.

– Arrête ta musique deux minutes, s'il te plaît. C'est important !

Je dois faire vite. Susciter son intérêt. Créer un choc. J'essaye de frapper fort !

– Au restaurant Le Grand Duc, ils servent du chat !

Il me regarde. Les yeux vides. Zéro réaction de sa part. Peut-être que l'information ne s'est pas encore rendue à son cerveau?

J'attends un peu...

Non. Toujours rien. Je n'abandonne pas:

– Ils font cuire du CHAT! Ils cuisinent du CHAT, Jules!

– Pis?

– Ben là! Tu mangerais du chat, toi?

– De la viande, c'est de la viande.

– Dégoûtant!

– Du chat, c'est sûrement plus tendre que du gros bœuf, Laurence...

– Franchement! Du bœuf, ça se mange!

– Du chat aussi, s'ils en servent!

– Geneviève et moi, on a décidé de les dénoncer! Peux-tu nous aider?

– En Asie, ils mangent en moyenne quatre millions de chats par année, Laurence! S'il fallait faire un scandale chaque fois qu'ils font cuire un matou…

– Quatre millions de chats? Je te crois pas.

– Fais une recherche…

– J'ai mal au cœur.

Il remet son écouteur et retourne à ses sciences. Je n'aurai pas l'appui que j'espérais…

Du côté de Geneviève, heureusement, le dossier a fait un pas de géant. Elle est tout énervée au téléphone…

– La tante de Max, tu sais la journaliste qui était venue faire un reportage au bercethon?

– Misère…

– Max lui a parlé du dossier des chats. Probablement qu'ils vont ouvrir une enquête ! Génial, non ?

– Tu as tout raconté à Max Beaulieu ?

– Il m'a juré de ne rien dire, Laurence. Fallait bien que je lui en parle. Gamache a juré de se taire lui aussi.

– Gamache était là ? Vous étiez combien ?

– Tu veux annoncer la nouvelle à toute la ville, mais tu veux la cacher à Gamache ? Je comprends pas. La journaliste dit qu'elle va faire le reportage du siècle, Laurence ! On a réussi ! On y est presque…

Elle a raison. Elle a fait ce qu'il fallait. Maintenant, oublions cette histoire !

Le reste ne dépend plus de nous.

Ce soir, je mémorise une liste de verbes en anglais dans ma chambre.

« drink, drank, drunk,

begin, began, begun,

do, did, did, euh, non… do, did, done »

J'entends crier ma mère.

– Robert, viens viiiite !

Elle panique. Mon père accourt. Je sors de ma chambre.

Au téléjournal de 18 heures, il est question du restaurant Le Grand Duc ! Je reconnais la voix de la journaliste… Je n'ai jamais été aussi fière de moi. De Geneviève, aussi.

– Elle l'a fait ! s'indigne ma mère. Elle a parlé ! Le Grand Duc est fermé pour un temps indéterminé à cause d'elle !

– Elle est très forte... ajoute mon père.

Euh... qui, « elle » ? Ils parlent de moi, là ?

– C'est un monstre !

Un monstre ? Moi ?

Évidemment, je fais celle qui n'est au courant de rien et je me glisse sur le divan.

– Pauvre homme... soupire ma mère. Il est ruiné.

La journaliste, devant le restaurant, précise que le MAPAQ a déclaré qu'à ce jour, un seul cas d'intoxication avait été signalé et que la fermeture du restaurant n'était pour l'instant qu'une mesure de précaution...

Je risque une question :

– Tu connais le propriétaire du restaurant Le Grand Duc, maman ?

– C'est un ami de ta tante Doris.

Je risque une hypothèse :

– Si son restaurant est fermé, c'est sûrement parce qu'ils ont trouvé quelque chose d'anormal.

– C'est une fausse rumeur, Laurence. Doris nous a tout raconté, l'autre soir. L'ex-copine du proprio l'avait menacé d'annoncer publiquement qu'au Grand Duc, on servait du chat !

J'ai chaud. J'ai vraiment, vraiment chaud.

– Elle a tout inventé pour se venger, précise encore ma mère.

– Se venger de quoi ?

– Histoire d'amour compliquée.

– Es-tu absolument certaine que c'est juste une fausse rumeur, maman? Peut-être qu'il a déjà servi du chat, mais qu'il n'a jamais voulu l'avouer. Peut-être qu'elle a dit la vérité?

– La cuisine du Grand Duc est irréprochable. Ton père et moi, on y va souvent.

– Comme si c'était une preuve...

– Il va perdre toute sa clientèle à cause d'une espèce de langue de vipère!

J'avais saisi seulement une bribe de la conversation avec ma tante Doris, l'autre soir. «Elle a l'intention de dire à tout le monde qu'au restaurant Le Grand Duc, ils servent du chat...»

C'est ce que j'avais entendu. C'est tout ce que j'avais entendu...

Je téléphone à Geneviève. En panique. J'ai la gorge nouée. Tout est de notre faute. De MA faute!

– Tu devineras jamais ce qui nous arrive, Ge...

– Je l'sais! J'ai écouté le téléjournal, moi aussi! On est les meilleures, Laurence! On a réussi à faire FERMER le resto pour un temps indéterminé!

– C'est trop affreux...

– Pourquoi affreux? On devrait même avoir une médaille du maire et une autre de la SPCA!

– Oublie les médailles! Il faut absolument que cette histoire reste entre nous.

Elle ne comprend pas.

– Je peux pas vraiment parler, ici, Geneviève. Mais on a fait une grosse gaffe. On se rejoint au coin de la Dixième Rue, OK ? Je vais tout te raconter.

Vous ne devinerez jamais la suite.

Après la demande d'enquête de la journaliste et la fermeture temporaire du restaurant, une inspection minutieuse a été menée par les membres du MAPAQ. Comme c'était la deuxième plainte (la nôtre et celle de la journaliste), la dame qui nous avait presque jetées dehors a finalement ouvert le dossier !

L'affaire a fait beaucoup de bruit.

Après quelques semaines, le MAPAQ a déclaré publiquement que Le Grand Duc était et demeurait plus que jamais un restaurant qui méritait ses quatre étoiles, autant pour la qualité de sa nourriture que pour la propreté des lieux et l'excellence de son service !

Non seulement le propriétaire a rouvert son resto, sans amende ni peine, mais ma tante Doris nous a confié qu'il a vu son chiffre d'affaires tripler !

La publicité gratuite faite autour de ce supposé faux scandale l'a finalement propulsé au rang des restos les plus fréquentés de la région.

«Impossible de faire une réservation avant des semaines», a même précisé la journaliste devant un plat fumant, mijoté au restaurant Le Grand Duc.

– C'est grâce à nous si son resto est si populaire, Laurence ! s'est encore énervée Geneviève. On lui a fait toute une pub !

– On est chanceuses que les choses se soient bien terminées. C'est tout.

– As-tu vu le sourire du proprio au téléjournal ? Tout le monde veut l'encourager, maintenant. Sais-tu quoi ? Je pense qu'on devrait aller le voir…

– Hein ?

– On va tout lui raconter !

– Jamais de la vie.

– S'il apprend que c'est grâce à nous qu'il a un tel succès, je suis certaine qu'on aura droit à un souper gratuit.

Le pire, c'est qu'elle est sérieuse.

YO

«*La tête prise dans mes pensées, j'ouvre la porte de l'école… et me voilà dans le corridor. Tu parles! Je n'ai jamais fait ça, moi, entrer le premier à l'école, le matin.*»

Vendredi matin. Je m'en vais à l'école et je suis super heureux.

C'est rare.

Sans efforts, je file sur mes roulettes. Ré a de la difficulté à me suivre. Mo, lui, on l'a perdu de vue depuis longtemps. J'ai des ailes. Je pète le feu. Si vous saviez ce qui m'attend à la fin de la journée…

Comme tous les matins, je longe le cimetière. Devant le grand portail, je ne m'arrête même pas comme je le fais toujours avec Ré pour arriver le plus tard possible. Non. Aujourd'hui, j'ai la tête ailleurs. C'est fou comme je me sens bien.

À bout de souffle derrière moi, Ré pousse le trottoir comme un forcené pendant que moi, je plane sur mon tapis roulant vers l'école... et vers la promesse qu'on m'a faite. À chaque coin de rue, j'exécute une longue courbe qui me propulse droit vers... ce cadeau incroyable.

Je suis déjà dans la cour de récréation. Les enfants s'amusent comme ils peuvent en attendant la cloche. Pauvres eux! Le cœur léger et ma fusée à roulettes sous le bras, je me dirige vers mon coin de clôture. Dos au grillage, je regarde le ciel. Le soleil est radieux. Pas un nuage. Même la fille de la météo, ce matin, à la radio, m'a promis trois jours de beau temps.

Ré me rejoint enfin. Haletant, il me lance:

– Qu'est-ce qui t'prend, à matin ? Tu capotes ou quoi ? La cloche sonne seulement dans vingt minutes !

Les yeux plongés dans le bleu, je ne réponds rien. D'ailleurs, ai-je seulement entendu sa question ? En fait, je l'ai déjà oubliée. Je suis tout seul dans mon trip.

– Hé ! Yo ! Réveille ! me crie-t-il en me poussant un peu.

Lentement, je me retourne.

– Ré ! Ça va ? je demande calmement. T'as l'air essoufflé.

Il me regarde drôlement.

Ré, c'est Rémi. Mon ami de toujours. Je suis content qu'il soit là. Ce matin, vraiment, tout est parfait.

– Ouais, ça va. Mais toi, Yo, ça va pas, hein ?

Yo, c'est moi. En fait, je m'appelle Yohann et d'habitude, je déteste l'école. Je n'aime pas non plus mon prof, Esther Taillefer, qu'on surnomme E.T. parce qu'elle a une tête plate qui ressemble à celle d'un extraterrestre en plastique qu'on a vu en anglais, dans un vieux film de science-fiction[1]. Mais aujourd'hui, c'est drôle, j'aime tout. Même l'école. Même E.T.

– T'inquiète pas, Ré. Ça va super bien pour moi.

– T'as l'air bizarre. Tu parles pas comme d'habitude.

– C'est vrai. J'suis pas comme d'habitude. J'suis...

J'allais dire «heureux», mais je me suis arrêté juste avant. C'est un mot que je n'ai jamais prononcé à voix haute.

---

1. Voir *Mon pire prof* et *Au bout de mes forces*

Devant mon silence, Ré me relance :

– À quoi tu penses ? On dirait que t'es pas là.

– Qu'est-ce que tu dis ?

Et voilà que Mo arrive à son tour, la langue pendante.

Mo, c'est Maurice, un petit de quatrième année qu'on a adopté parce qu'il joue de la batterie[2]. Il me ressemble beaucoup, mais en plus jeune. D'habitude, ça m'énerve. Mais pas ce matin. Et puis, Mo, il est très important dans notre trio. Les KaillouX, qu'on s'appelle. On fait de la musique ensemble. Mo, c'est le batteur. Ré, le chanteur. Et moi, je joue de la guitare. On n'est pas encore très bons, mais ce n'est pas grave…

Surtout aujourd'hui.

---

2. Voir *Méchant Maurice !* et *Au bout de la rue*

– Qu'est-ce qui vous prend, à matin? lance Mo. Vous m'avez pas attendu! Vous avez le feu au…

– Mo! je fais, juste à temps. Sois pas vulgaire. Il fait beau, là. Ça va être une superbe journée. Y a pas un seul nuage dans le ciel.

Ma réponse leur cloue le bec. Ils se regardent. Enfin, se tournant vers moi d'un bloc, ils me demandent:

– T'es malade ou quoi?

– Vous pouvez pas savoir ce qui m'arrive.

Oups! Je n'aurais pas dû dire ça. D'après la tête qu'ils font, je dois avoir l'air d'une princesse qui attend son prince charmant. Il faut vite que je retrouve mon attitude de Yo.

– OK, les gars, oubliez ça. C'est vendredi. Ils annoncent beau toute la fin de semaine. On va avoir beaucoup de plaisir...

– Du plaisir? s'étonnent-ils encore plus.

Leurs yeux sont comme des points d'interrogation qui ne me lâcheront pas tant que je n'aurai pas dit quelque chose de normal.

Alors, je tente autre chose:

– Du *fun*! Oui, c'est ça... on va avoir du *fun*! *Full fun*! D'accord?

Mais je sens que je m'enfonce. Leur incompréhension augmente toujours. Que faire? Si je commence à leur expliquer ce qui m'arrive, les questions ne vont pas arrêter de la journée. Et puis, je n'ai pas le droit de parler. Si je parle, je perds tout...

– Alors? s'acharne Ré, incapable de supporter plus longtemps mon silence.

– Alors quoi? je demande, innocemment.

– Tu nous caches quelque chose, c'est certain.

– Oui, déclare Mo. C'est certain!

– Euh…

– Euh quoi? font-ils, tous les deux.

– C'est que…

– C'est que quoi?

– Ben, je…

– Ben tu quoi?

Leurs casquettes ne bougent plus. Une palette pointe à gauche, l'autre à droite. D'un côté les Canadiens de Montréal. De l'autre, les Nordiques de Québec. Aucune issue. Ils ne me laisseront jamais partir sans avoir obtenu une réponse. Je dois dire quelque chose.

– Je peux rien dire.

– Comment ça? s'exclame Ré.

– C'est top secret! Voilà.

– Top secret! Tu veux rire?

– Ouais, rajoute Mo. Tu veux rire?

– Non! je réplique. C'est sérieux. J'ai promis de me taire.

– T'as promis à qui? insiste Ré.

– Essayez pas. Top secret!

– Voyons, Yo, dit Ré sur un autre ton. Tous les trois, on est des KaillouX! On peut pas avoir de secrets. C'est impossible. Penses-y, on fait de la musique ensemble! Tu peux tout nous dire. On parlera jamais.

– C'est vrai, ça, approuve Mo. Des KaillouX, ça parle pas !

Les deux casquettes se sont encore immobilisées.

– J'ai promis de rien dire ! je répète, un peu ébranlé. Pis je dirai rien !

Et je m'éloigne avec ma planche sous le bras, la tête haute. Un secret, c'est un secret. Point final. Et puis, dans mon cas, ça adonne bien. Je n'ai pas le droit de leur révéler mon affaire. Alors, même si c'est dur de cacher des trucs à mes amis, je garde tout pour moi...

Perdu dans mes pensées, j'ouvre la porte de l'école... et me voilà dans le corridor. Tu parles ! Je n'ai jamais fait ça, moi, entrer le premier à l'école, le matin...

Avec ma planche, en plus !

Du coup, je retourne à l'extérieur et je me dirige vers le support à planches que la direction a installé le long d'un mur, pour nous autres, les *skateux*. Mes deux amis sont déjà là et ils me regardent approcher. Les lèvres serrées, je glisse ma planche dans sa fente. Puis je m'en retourne vers la porte d'entrée, l'air le plus détendu possible...

Je marche et je n'entends rien. Ré et Mo ne m'appellent pas. C'est bizarre. Ils ne me demandent plus rien. Si ça continue, je vais encore entrer dans l'école. Non ! Je me retourne vers eux et...

– C'est une promesse que j'ai faite, vous comprenez ? J'ai promis de rien dire. J'veux pas la trahir.

– « La » ! s'exclame Mo. C'est qui ça, « la » ? C'est une fille, han ?

– Non, c'est pas une fille.

– Alors, demande Ré, c'est qui, ta « la » ?

– C'est ma promesse ! Voilà ! C'est ma promesse que j'veux pas trahir. Je lui ai donné ma parole.

– « Lui » ! C'est qui, ça, « lui » ? rebondit aussitôt Ré.

– Quelqu'un, je réponds en bifurquant vers mon coin de clôture.

Ils me suivent à une certaine distance, mais j'entends quand même Mo, qui tente d'expliquer à Ré :

– Il a dit « lui » ! Ça veut dire que c'est un gars ! Sinon, il aurait dit « elle ». Au moins, là, on sait que c'est un gars. Pas mal, non ? Déjà, on connaît une partie du secret.

– Non, Mo, répond Ré. Si c'était une fille, il aurait pas dit « elle ». Penses-y : « Je elle ai donné ma parole »... ça marche pas. C'est pas français.

– Il aurait dit quoi alors, si c'était une fille ?

– Ben… mets-toi à la place de Yo et suppose que c'est à une fille que t'as donné ta parole… qu'est-ce que tu dirais ?

– Facile. Je dirais : « Je lui ai donné ma parole. »

– C'est ça que Yo a dit.

– Comme ça, « lui », c'est une fille ? s'étonne Mo.

– Ou un gars, complète Ré. Yo a donné sa parole à quelqu'un… à un gars ou à une fille… on sait pas.

– On n'est pas très avancés, conclut Mo.

Appuyé à nouveau sur mon bout de clôture, je les regarde approcher.

Ensemble, ils lèvent la tête et s'aperçoivent que j'ai peut-être entendu leur conversation. Je souris.

– Tu m'énerves avec ton sourire niaiseux! me lance Ré.

– Ouais, approuve Mo. Tu nous énerves!

– Et puis, poursuit Ré, on s'en fiche de ton secret... moi, je veux rien savoir de ce qui te donne l'air innocent de même.

– C'est vrai, ça, enchaîne Mo. T'as réellement l'air innocent, là, Yo. On dirait que t'es super content... mais dans le vide.

Je souris et je les laisse parler. Demain matin, je pourrai tout leur dire.

– Mo a raison, approuve Ré. On dirait que tu souris pour rien. C'est quasiment épeurant. Ça me fait penser à ma cousine Nancy[3], quand elle est amoureuse. Elle parle presque plus et elle nous regarde comme si on n'était pas là... comme si elle voyait au travers de nous autres. On a envie de se retourner pour voir en arrière c'est quoi qui lui donne son air stupide...

– Ça y est! s'exclame tout à coup Mo. J'ai trouvé!

– Qu'est-ce que t'as trouvé? demande Ré.

– Le secret de Yo. Je sais c'est quoi!

– Ah oui?

– C'est facile, Ré... tu viens de le dire... penses-y, c'est évident... Yo... il est amoureux!

Tous les deux se tournent vers moi. J'ai perdu mon sourire.

---

3. Voir *Mon pire party*, *Ma nuit d'enfer* et *La fin de ma vie*

– Tu as raison, Mo! triomphe Ré en voyant mon air étonné. Yo est amoureux d'une fille! J'aurais dû y penser...

– Oui, rajoute Mo. T'aurais dû y penser.

Pendant ce temps, je panique. Il ne faut surtout pas qu'ils croient que je suis amoureux. Ça, ce serait vraiment la pire affaire...

Mais plus ils m'observent, moins j'arrive à changer l'expression de mon visage. Avec la face que je fais, j'ai sûrement l'air de quelqu'un qui vient d'être pris sur le fait. C'est terrible, je n'arrive pas à exprimer autre chose que le gars coupable...

Eh bien, tant pis! S'ils pensent que c'est ça, ils vont peut-être me laisser tranquille. Alors je leur annonce:

– D'accord, les gars, vous l'avez trouvé. J'suis amoureux d'une fille. Vous êtes contents, là ? Mais pas un mot, hein ? Top secret !

– Une fille ! Quelle fille ? me lance aussitôt Ré.

– Ouais, ajoute Mo. Quelle fille ?

– Une fille.

J'aurais dû m'en douter. Je n'allais pas m'en sortir aussi facilement.

– Vous en saurez pas plus. Terminé ! Vous en savez déjà trop.

Et je repars en direction de l'école. Ah ! Non ! Pas encore !

Excédé, je me retourne.

– Vous me promettez de rien dire, hein ? Allez ! Parole de KaillouX !

Et je lève la main afin qu'ils tapent dessus. Mais ma main reste seule, abandonnée dans le ciel bleu.

– C'est un secret, j'explique en baissant la main. Vous êtes capables de garder un secret, non? Allez! Parole de KaillouX!

Et je relève la main…

Rien. Sauf:

– Un secret! s'étonne Ré. Quel secret?

– Ben… que je suis amoureux d'une fille. C'est un secret, ça, non? Toi, Ré, t'aimerais pas ça, que je dise que t'es amoureux.

– J'suis pas amoureux.

– Moi non plus, intervient Mo.

– Je le sais, que vous êtes pas amoureux… c'était juste une supposition pour que vous compreniez pourquoi je veux pas que vous disiez ça à tout le monde.

– Mais on aurait rien à raconter, au monde… on sait même pas c'est qui, la fille… ni comment c'est arrivé.

– Ouais, confirme Mo. On sait rien.

– Les détails, c'est pas vos affaires ! je réponds.

Et je lève la main une troisième fois.

– Allez, les KaillouX ! Top secret ! Et on n'en parle plus.

Rien à faire :

– C'est une fille de l'école ? veut savoir Mo.

– Non. C'est pas une fille de l'école…

– Alors, moi, lance Ré, je sais c'est qui, la fille ! C'est Carla[4], la championne *skateuse* de Vancouver !

– Ben voyons, Ré, elle reste à l'autre bout du monde.

---

4. Voir Mon *premier baiser* et Mon *look d'enfer*

– Faux! Elle est revenue à Québec. Comme d'habitude, elle reste chez le grand Fred. Elle est là depuis une semaine. Fred lui-même me l'a dit.

– Quoi? je m'exclame. Carla est à Québec et tu me l'as pas dit?

– Je voulais te le dire ce matin, mais tu filais comme un malade vers l'école. J'ai jamais pu te rattraper! Et puis je l'ai su seulement hier.

– Oui, rajoute Mo. Tu filais comme un malade.

– Pourquoi il répète tout ce que tu dis, lui? je demande à Ré.

– Je sais pas, répond Ré. De toute façon, t'es pas amoureux de Carla.

– C'est qui, Carla? questionne Mo.

– Une fille, répond Ré.

– Tu vas pas me faire des secrets toi aussi? s'insulte Mo.

– Et pourquoi je serais pas amoureux de Carla, hein? je dis à Ré sans m'occuper de Mo.

– À cause de ta surprise, tantôt. Si t'étais amoureux de Carla, t'aurais pas été surpris quand je t'ai dit qu'elle était à Québec. Tu peux pas être amoureux d'une fille sans savoir qu'elle est là.

– Je comprends plus rien, moi, se plaint Mo, dans son coin.

Soudain, on est interrompu par une voix de fille :

– Salut, les gars !

– Clo ! je m'exclame. Euh… comment ça va ?

Du coup, je me sens observé. Par Ré, surtout. Parce que Clo, c'est Clothilde, une fille de notre classe avec qui il m'est arrivé toutes sortes d'affaires[5]. Et Ré, il est au courant de tout… enfin, de presque tout.

– Ça va bien, me répond Clo. Je me demandais… je suis curieuse… qu'est-ce que vous faites là, tous les trois, à discuter comme ça ? D'habitude, vous arrivez juste au son de la cloche…

– C'est pas tes affaires ! lance Mo. C'est top secret !

---

5. Voir *Mon pire party* et *La honte de ma vie*

– D'accord, petit, t'énerve pas! fait Clo, sévère.

– J'suis pas p'tit! réplique Mo.

Sans s'occuper de Mo, le regard radouci, Clo se retourne vers moi...

Elle a de beaux yeux, Clothilde. Et un super beau sourire. Franchement, elle est beaucoup plus jolie que Justine, sa sœur jumelle.

– Je voudrais te demander quelque chose, me dit-elle, un peu gênée.

– Ben, vas-y! l'encourage Mo. Gêne-toi pas!

– Toi, va donc jouer avec les p'tits de ton âge! lui rétorque Clo, sèchement. Ce que j'ai à demander à Yo, c'est... top secret!

– J'suis pas p'tit! répète Mo, de toutes ses forces.

Mais tout le monde l'ignore.

– Et moi? intervient Ré. J'suis assez grand pour rester?

– Ah! Tous les trois! s'exclame Clo, exaspérée. Vous m'énervez à la fin! Salut!

Mais avant de partir, elle retrouve son sourire et s'adresse à moi:

– On se parlera une autre fois... quand tes chums seront pas là.

M'a-t-elle fait un clin d'œil? Je pense que oui...

Vite! Changer de sujet!

– Bon, les gars, allons-y. Les cours vont commencer, là.

– Ça sonne seulement dans cinq minutes, m'indique Ré.

– Ça fait rien. Moi, je rentre. J'suis tanné de toutes vos questions!

– On pose pas de questions, riposte Mo. J'ai posé une question, moi?

– Non, approuve Ré, t'as posé aucune question. Et moi non plus, d'ailleurs. Je me demande bien pourquoi il s'énerve comme ça, Yo, à matin?

Je ne les écoute plus. Je file vers l'école en pensant au clin d'œil de Clothilde. C'est fou, le beau clin d'œil. Je capote!

Je rentre en classe. La moitié des élèves sont déjà là. Clothilde et sa jumelle Justine sont assises à leur place. Kathy «les tresses» aussi, un peu plus loin... Kathy, eh bien, c'est une autre fille avec qui il m'en est arrivé, toutes sortes d'affaires[6]...

6. Voir *Ma pire gaffe, Mon plus grand exploit, Mon coup de foudre*

Finalement, il m'en est arrivé beaucoup, des affaires, avec les filles.

En tout cas...

E.T. trône derrière son bureau. Tel un périscope de sous-marin, sa tête plate pivote au bout de son long cou. Rien n'échappe aux grandes fenêtres panoramiques de ses lunettes. On a intérêt à bien se tenir. Comme toujours, je m'assois en avant. Ré entre à son tour et me regarde, un sourire moqueur aux lèvres...

M'énerve !

Puis il va s'asseoir à sa place, en arrière.

La journée a été longue. Sans cesse, le périscope d'E.T. se braquait sur moi. Pourtant, jamais je n'ai été aussi tranquille de toute ma vie d'élève...

C'est peut-être ça qui attirait son attention.

Parfois, quand elle écrivait au tableau, je jetais un regard furtif derrière moi. Au fond de la classe, juste derrière Kathy «les tresses», le sourire fin finaud de Ré ne décollait pas. Des yeux et du menton, il m'invitait à jeter un coup d'œil du côté de Clothilde... qui, elle aussi, avait les yeux rivés sur moi...

Mais elle les baissait aussitôt.

Non loin, sa sœur jumelle, Justine, passait son temps à se regarder en cachette dans son petit miroir rond de maquillage... ou à s'arranger discrètement les cheveux avec sa brosse de Barbie. Elle me tape sur les nerfs, celle-là. Elle ne ressemble pas du tout à Clothilde. Une fois, alors qu'elle détachait un bouton de son corsage, E.T. est intervenue fermement :

– Justine !

Avec son long doigt, elle lui a fait signe de rattacher ça et de tout serrer son attirail de poupée. Honteuse, Justine s'est reboutonnée et a remis sa trousse de beauté dans sa grosse sacoche rose...

Méchant souvenir pour moi, cette sacoche[7] !

Pendant ce temps, derrière, Ré en profitait pour agacer Kathy en la chatouillant dans le dos. Une fois, elle s'est retournée si vivement que Ré a reçu un violent coup de tresse en pleine poire. Il a failli tomber en bas de sa chaise. Bien fait pour lui. Son sourire de fin finaud a disparu d'un coup sec.

7. Voir *Méchant lundi* !

Ré le savait, pourtant[8]. Il aurait dû se méfier. Les tresses de Kathy sont lourdes comme des matraques. Heureusement pour lui qu'elles ne sont pas faites en bois.

À part ça, il ne s'est rien passé d'intéressant durant l'avant-midi... sauf ce clin d'œil que Clo m'a peut-être fait... et auquel je n'arrête pas de penser.

Je me sens tout mêlé.

Durant l'heure du dîner, j'ai dû résister aux assauts de Mo et de Ré, qui voulaient savoir pourquoi je faisais une tête pareille.

Un moment donné, pendant la récré de l'après-midi, Ré m'a dit:

---

8 Voir *Mon Noël d'enfer*

– T'es plus comme à matin. T'as l'air tout mêlé. Au moins, à matin, t'avais l'air en super forme.

– Ouais, a aussitôt confirmé Mo. T'as l'air tout mêlé.

– Laissez-moi tranquille.

Et je suis parti me réfugier contre mon bout de clôture. Ils m'ont suivi. Ils se sont appuyés eux aussi sur le grillage, de chaque côté de moi. Tous les trois, on a regardé nos lacets pendant un long moment. Moi, pendant ce temps, j'oubliais peu à peu le clin d'œil de Clo... et lentement me revenait la super promesse qu'on m'a faite hier... et s'effaçait de mon esprit l'existence même de Clo. Du coup, je me suis senti de nouveau... heureux.

Au moment de la cloche de fin de récré, je me suis rappelé une part de la promesse que j'avais faite. Alors, je leur ai lancé, joyeux:

76

– Après l'école, rendez-vous ici.

Comme prévu, Do m'attend.

C'est avec elle que j'ai un secret.

Sa Coccinelle est stationnée dans la rue, de l'autre côté de la clôture de l'école. Elle a encore changé de couleur... sa Coccinelle, je veux dire... pas Do. Cette fois-ci, elle est verte avec des pois roses. Le contraire de la première fois, quand elle m'a emmené aux Îles-de-la-Madeleine[9].

Do, c'est Donalda, ma grand-mère. Elle n'est pas là souvent parce qu'elle voyage beaucoup. Parfois, je l'accompagne. Après les Îles, je suis allé à New York avec elle... puis au Mexique... et même, une fois, à l'autre

---

9. Voir *Mon premier voyage*

bout du monde[10]. Do, c'est une sorte d'aventurière qui ne vieillira jamais. Ses yeux bleus ont vu tous les paysages du monde. Je suis toujours heureux quand elle est là. Elle est tellement originale.

Hier soir, elle m'a fait une promesse...

Laquelle?

Ça, je ne vous le dis pas. Parce que moi aussi, en retour, je lui ai fait une promesse: celle de ne rien confier à personne. Même pas à Ré, mon plus grand ami. Et encore moins à Mo...

Ou à vous.

– Si tu le dis, m'a-t-elle précisé, j'annule tout. Il faut que tu sois fort. C'est un secret entre nous deux... jusqu'à samedi matin. D'accord?

– D'accord, j'ai répondu.

---

10. Voir *Ma plus grande peur*, *Mon coup de soleil* et *Au bout du monde*

Et elle a levé la main :

– Allez ! Tope là !

Tout de suite, j'ai compris ce que je devais faire. J'ai levé la main et j'ai tapé fort dans la sienne. Un pacte sacré venait d'être signé entre nous.

Et j'ai rajouté :

– Parole de KaillouX ! Je dirai rien avant samedi matin.

Et comme vous voyez, je n'ai encore rien dit.

Après l'école, comme convenu à la récré, Ré et Mo m'ont rejoint. Tous les trois, planche sous le bras, on se dirige vers la Coccinelle. Do en descend pour nous accueillir. Elle porte une belle robe de campagne remplie de soleil. Il fait super beau.

– Bonjour, madame, la salue Mo, qui ne connaît pas ma grand-mère.

– C'est Maurice, j'explique… le troisième KaillouX. Il est en quatrième année et c'est notre batteur. On l'appelle Mo.

– Bonjour, Mo. Moi, c'est Do.

Puis, se tournant vers Rémi:

– Salut, Ré, fait-elle gentiment. Ça va?

– Mouais.

– Ça n'a pas l'air d'aller.

– Ben… c'est Yo… il est bizarre, aujourd'hui… il nous cache toutes sortes d'affaires…

– Tu ne leur as rien dit? me questionne Do.

– Rien… enfin… presque rien.

Puis, se tournant vers Ré et Mo, elle demande:

– Qu'est-ce que Yo vous a révélé?

– Il nous a avoué qu'il était amoureux d'une fille, répond Mo. Mais on sait même pas qui... ni comment c'est arrivé.

– Moi, intervient Ré, je pense que je sais c'est qui, la fille.

– T'es amoureux d'une fille, Yo? s'étonne Do.

– Non. Je leur ai dit ça pour qu'ils arrêtent de me poser des questions. J'suis pas amoureux *pantoute*!

– Moi, je crois que t'es amoureux de Clo, lance Ré.

– Clo! Voyons donc! C'est impossible. Elle est trop *bollée* pour moi. Elle adore l'école. Ses devoirs sont toujours super bien faits. Elle s'intéressera jamais à un petit *skateux* paquet de nerfs comme moi.

– Mais, objecte Ré, aujourd'hui, en classe, Clo, elle te faisait des beaux yeux, non ? Dis pas que t'as pas remarqué.

Soudain, ça me revient. Oui, peut-être.

– Ça signifie rien ! je fais pour couper court. Et puis, moi, les histoires d'amour, c'est pas pour tout de suite. Vous êtes fatigants, à la fin, avec ça. Non, moi, pour l'instant, c'est mon petit voyage avec Do qui m'intéresse.

– Un petit voyage ? répètent les deux KaillouX. C'était donc ça, ton fameux « top secret » ?

Oups !

Je regarde Do, un peu honteux.

– Vous en saurez pas plus, je réplique, pour me rattraper.

– Il va tout vous raconter demain matin, complète Do. La promesse de ne rien dire, c'était juste pour aujourd'hui. Demain, vous allez tout savoir.

Puis, s'adressant à moi :

– T'es prêt, Yo ? On part. Monte !

Elle soulève le capot avant de sa Coccinelle afin que j'y place mon *skate*. Eh oui ! Dans les années « Peace and love », dans le temps où Do était jeune, ces autos-là avaient leur moteur en arrière... et leur coffre en avant !

Mo a l'air pas mal surpris.

Sans un mot, je m'assois dans l'engin qui ressemble à un coco de Pâques. Do salue mes deux amis, puis s'installe au volant. Elle pousse le levier de vitesse en première, enfonce l'accélérateur tout en lâchant la pédale d'embrayage. La Coccinelle bondit en crissant des pneus. Je me retourne. Dans la lunette arrière, je vois mes deux amis abandonnés devant l'école.

Ils devront rentrer chez eux en planche à roulettes. Pauvres eux!

– Bravo, Yo! Je vois que tu as gardé le secret. Tu es vraiment très fort.

Puis, grâce à son cellulaire «mains libres», Do est déjà en train de parler à un monsieur pour lui annoncer qu'on arrive dans dix minutes...

C'est vraiment un très petit voyage.

Do s'est stationnée juste devant.

Mon cœur se débat dans ma poitrine. N'en pouvant plus, je saute sur le trottoir. Do descend et envoie la main à un monsieur qui, aussitôt, rentre dans sa boutique et en ressort avec... l'objet!

Il le tient devant lui pour que je le voie bien. On dirait même qu'il le tient pour qu'il brille au soleil. J'ai des éclairs plein les yeux...

C'est mon nouveau vélo!

Il est rouge... exactement comme celui que j'ai montré à Do dans la revue *Bike One*! Elle a tenu sa promesse!

Je suis tellement content d'avoir tenu la mienne.

C'était l'épreuve imposée par Do pour le vélo. Drôle d'épreuve. Avec Do, il faut toujours faire un effort pour obtenir quelque chose. C'est une originale, je vous l'ai dit. Dans mon cas, je devais simplement garder le secret. Elle le savait, Do, comment ce serait difficile. Surtout avec mes amis. Garder un secret pour de vrai, je veux dire... et comment c'est important, aussi.

Moi, je ne le savais pas...

Je le sais, maintenant.

Follement reconnaissant, je me retourne vers elle...

Elle me tend mon casque de *skateux*.

– Ça te tente de l'essayer tout de suite?

Sans réfléchir, je fixe le casque sur mon crâne et je m'approche du monsieur. Do lui fait un signe et l'homme me tend les guidons. J'enfourche le vélo. Je suis déjà parti.

– Tu viens me rejoindre chez toi dans une heure! me crie Do.

En entendant ça, je fais une boucle afin de repasser tout près d'elle. Levant une main au ciel, je lui crie:

– Tope là!

86

Et nos deux mains se donnent une joyeuse tape dans les airs...

Promis! Je reviens dans une heure.

Une heure de liberté!

Je me promène dans le quartier, au hasard. À chaque coin de rue, j'exécute une longue courbe qui me propulse droit vers...

N'importe où.

Un vélo, ça file pas mal plus vite qu'une planche. C'est fou comme mon univers s'est agrandi, tout d'un coup! Il me semble que je pourrais faire le tour de toute la ville...

Pour l'instant, je reste dans mon quartier et je choisis les rues les plus tranquilles. Des rues nouvelles, surtout.

Les enfants rentrent de l'école. Certains à pied, d'autres en planche. Du haut de mon nouveau vélo rouge, je salue ceux que je connais. Je suis le *King*! Étonnés, tous s'arrêtent, éblouis et jaloux:

– C'est Yo! As-tu vu ça? Il a un nouveau vélo!

Enfin… j'imagine.

Au tournant d'une rue, je croise un cycliste qui file à vive allure. Le gars, il a un vélo comme le mien, mais bleu. Je bifurque et je décide de le suivre. Il pédale fort. Et la rue est montante. Je pousse à fond pour le rattraper. Rien à faire. La distance reste la même.

Pas de doute. Il veut faire une course, celui-là…

Je vais lui montrer, moi, c'est qui le *King* du vélo, ici.

Debout et de toutes mes forces, je pousse sur mes pédales et tire sur mes guidons. Je gagne un peu de terrain. Pendant ce temps, l'autre, bien assis sur son siège, poursuit sa montée en douceur. Puis, sans s'occuper de moi, il s'arrête devant une maison. À bout de souffle, je le double enfin.

S'il ne s'était pas arrêté, je l'aurais dépassé, c'est certain.

Mais la rue continue à monter. Je n'en peux plus. Je m'arrête aussi… une maison plus loin. Lentement, je me retourne.

Le gars ne me voit pas. Il n'a pas l'air essoufflé du tout. Il est vraiment fort. Soudain, avec élégance, il enlève son casque et de longs cheveux jaillissent alors dans le soleil… et je vois son visage !

– Carla ! je m'exclame.

On est devant chez le grand Fred!

– Yo! me salue-t-elle, tout aussi surprise.

Puis elle me sourit...

Exactement comme Clo!

Carla et moi, on ne s'est pas beaucoup parlé, parce que son français n'est pas très bon. Quant à mon anglais, c'est encore pire. Aussi parce qu'on était un peu gênés, tous les deux, je pense... à cause de nos souvenirs.

En tout cas, j'ai compris qu'elle était là jusqu'à dimanche... et qu'elle devait être de retour à Vancouver lundi, pour son école. De mon côté, j'ai réussi à lui faire comprendre qu'on prévoyait deux jours de beau temps en fin de semaine...

Parfait pour faire du vélo!

Comment la fin de semaine s'est passée?

Top secret!

Sauf que je dois vous avouer...

Souvent, j'ai pensé à Clothilde.

J'avais hâte à lundi... pour enfin savoir ce qu'elle voulait me demander.

Ah! Les filles!

Me voilà encore tout mêlé.

En tout cas, laissez-moi vous dire un dernier secret...

Jamais les filles ni un vélo neuf ne m'éloigneront de mes amis!

DAPHNÉ

« ... mais allez
donc vous boucher
les yeux et les
oreilles quand votre
plus grand ami est
peut-être en train de perdre
la lumière de sa vie ! »

Horreur! À deux pas de moi, Anita Pomerleau déambule bras dessus, bras dessous avec un grand bonhomme et ce bonhomme n'est pas Hector.

Anita Pomerleau, c'est l'amie de cœur d'Hector, la bibliothécaire qui danse le tango argentin. Nous sommes au supermarché, le même supermarché où Hector l'a aperçue pour la première fois, elle et sa chevelure rousse dont il n'arrête pas de dire que c'est comme une gerbe de feu qu'elle transporte sur sa tête pour éclairer sa vie. Sa vie à lui.

Bon, pas de panique! Quand je les ai vus, ils poussaient un chariot à provisions entre les rangées, leurs quatre mains réunies sur la poignée. Moi, j'essayais de ne pas entendre leurs éclats de rire, mais allez donc vous boucher les yeux et les oreilles quand votre plus grand ami est peut-être en train de perdre la lumière de sa vie! Devant les fruits et les légumes, ils ont fait une longue station et se sont chuchoté des choses à l'oreille. Après avoir rempli un plein sac de clémentines, sélectionnées une à une comme si le sort du monde en dépendait, ils sont repartis de plus belle. Ça sentait le bonheur et la complicité à plein nez. Arrivés au rayon des viandes, ils ont hésité entre le bœuf Angus et le veau de grain avant d'opter pour le poulet. Et c'est devant les produits laitiers, exactement devant la crème champêtre 15 %, que j'ai perdu le peu d'illusions qui me restaient. Ils se sont tournés l'un vers l'autre et se sont serrés à n'en plus finir, au point que les gens devaient les contourner pour passer. Pour aimer faire le marché à ce point-là, il faut mourir de faim ou être amoureux.

Anita s'est retournée et elle m'a vue. Elle a haussé les sourcils sans sourire et sans me faire de signe, ce qui signifiait clairement : « Daphné, tu es bien la dernière personne que je souhaitais voir aujourd'hui. » Ensuite, elle a posé un doigt sur sa bouche : « top secret », c'était le message.

Le lendemain, je me présente à la bibliothèque.

Je me rends jusqu'au comptoir de prêts et j'y dépose les sept livres empruntés la semaine précédente. En m'apercevant, Anita a le même mouvement de recul que la veille, ses lèvres s'étirent en un demi-sourire forcé.

– J'ai besoin de conseils, je dis. J'ai un travail à faire à l'école.

– On est en juillet, Daphné.

– Mmm, je prends de l'avance pour l'automne. Le sujet, c'est: l'époque dans laquelle nous vivons est-elle en train de tuer la loyauté?

Elle cligne des yeux trois fois de suite, au moins.

– La loyauté? répète-t-elle. Drôle de sujet pour des jeunes.

– Ah bon, pourquoi?

– C'est un sujet complexe.

– C'est pour ça que j'ai besoin de livres, beaucoup de livres. Avec plein de renseignements sur l'amour, l'engagement, la trahison, l'*abandon*.

Petit rire fluet. Anita disparaît à travers les rayons et je la perds de vue. En me retournant pour examiner la salle, j'aperçois le nouveau soupirant, enfin celui que je soupçonne être son nouveau soupirant. Le visage rivé sur l'écran de son ordinateur, il écrit sans discontinuer, ne tournant la tête que pour consulter un des livres qui s'amoncellent sur sa table. Objectivement, il est plus beau qu'Hector, aucun doute là-dessus, mais en ce qui concerne Hector, je ne suis pas du tout objective. Le soupirant a un grand front, la peau très blanche, comme s'il passait sa vie sous terre, et d'épais cheveux châtains, tirant sur le roux.

Roux.

Et soudain, lumière! Le faux soupirant est peut-être un frère, un demi-frère ou un cousin. Anita aussi est rousse et blanche. Elle revient quelques minutes plus tard avec une petite pile de livres. Je lui adresse un franc sourire, je suis drôlement soulagée. Son sourire à elle est un petit rictus tout coincé.

– Voilà, Daphné. Avec ça, tu as tout ce qu'il te faut pour apprécier la situation.

Les livres pèsent une tonne. Il y a deux traités sur la morale, une grosse brique avec un titre pompeux, *Être fidèle à soi-même, une obligation incontournable*, et une petite plaquette intitulée : *Se mêler de ses affaires, un art qui se perd*.

Me voilà donc obligée de faire tenir dans un sac à dos déjà encombré de bandes dessinées, de maillots de bain et d'un vieux lunch en train de se décomposer des bouquins malicieusement choisis par Anita et que je n'ai aucune intention de lire. Je les enfouis brutalement dans mon sac et quitte les lieux après un dernier regard en direction du monsieur, qui consulte sa montre avant de replonger dans ses livres.

Ce n'est qu'une fois dehors que le doute me tombe dessus de nouveau : pourquoi « top secret » si c'est son frère, son demi-frère ou son cousin ?

Étape suivante : aller voir si Hector est en miettes et m'enquérir, le plus subtilement possible, du frère, du demi-frère ou du cousin. Je le trouve dans l'entrée de l'édifice, en train de s'escrimer sur une serrure.

– Ça va, Hector ?

– À part cette fichue porte qui refuse de se déverrouiller de l'intérieur, ça va très bien.

– T'es sûr ?

– Oui, pourquoi?

– Pour rien.

– Ça peut difficilement aller mieux, Daphné. J'ai la tête pleine de projets!

– Quel genre de projets?

– Des projets d'avenir.

– Pourquoi d'avenir? Tout le monde le dit, il faut vivre dans le présent, profiter de chaque instant. Demain, on sera peut-être tous morts.

– Qu'est-ce qui t'arrive, Daphné?

– T'es pas bien comme ça?

– J'ai envie de changer de vie, c'est tout.

– Changer pourquoi? T'as une belle vie, un appartement dans un édifice en briques rouges, des bacs de recyclage et de déchets bleus, verts, noirs, des locataires gentils, et surtout de bons, très bons amis à deux pas de chez toi.

– De qui tu parles, Daphné?

– De moi.

C'est la première fois que je dois louvoyer avec Hector. D'habitude, c'est le contraire, je lui déballe tous mes problèmes en vrac. Hector secoue la tête.

– Terminé pour moi, Daphné. J'en ai marre d'être concierge, de m'occuper de plomberie, d'électricité, des petits bobos de tout le monde. J'ai envie de penser un peu à moi.

– Ah ben oui! Surtout quand on est tout seul à y penser.

– Que veux-tu dire?

– Rien.

– J'ai économisé un peu d'argent. Je voudrais acheter une petite maison au bord d'un lac ou d'une rivière, faire pousser des légumes, couper du bois, allumer un bon feu, voir passer le temps, profiter de la vie.

Ça ne colle pas du tout avec Anita, ça. Encore moins avec le rouquin lecteur. Un curieux sourire se dessine sur les lèvres d'Hector, tout son visage s'éclaire soudain. Comme une lumière qu'on allume.

– Solange va aimer ça aussi. Courir en toute liberté dans les bois, dans les champs. Je l'imagine déjà avec ses deux oreilles flottant au vent.

Solange, c'est la chienne. Bizarre, tout de même. Penser à la chienne avant de penser à la danseuse de tango.

– Elle est pas un peu vieille pour déménager, Solange ? Ça va lui faire tout un choc.

– Penses-tu ! Les chiens s'adaptent à tout.

– Anita, elle s'adapte à tout aussi ?

Regard interloqué d'Hector.

– Elle est pas un peu vieille pour déménager? Ça va lui faire tout un choc à elle aussi.

– Anita? Vieille?

– Elle est d'accord, oui ou non?

– Je ne lui en ai pas encore parlé. Je vais lui faire une surprise.

– Tu penses vraiment que c'est son truc, le lac, le gazon, le bois, les légumes?

– Pourquoi pas?

– C'est une bibliothécaire, Hector. En plus, une bibliothécaire qui danse le tango.

– Et alors?

– Alors c'est incompatible. Une bibliothécaire qui danse le tango argentin, c'est déjà une combinaison bizarre, mais une bibliothécaire qui danse le tango à la campagne, ça va plus du tout. Une bibliothécaire, ça a besoin de papier, de poussière, de rayonnages pleins de livres, de musique, de plancher de bois, de ville, de béton. Ton Anita, elle risque de s'ennuyer dans ta petite maison.

– Tu penses ?

– Sûr. Sans parler de tous ceux qu'elle devra quitter. Son frère, son demi-frère ou son cousin, par exemple.

Quelle habile façon de passer d'un sujet à un autre !

– Son frère ? Quel frère ?

– Elle a pas de frère ?

– Non.

– Un demi, peut-être ?

– Un demi-frère ? Pas que je sache.

– Un cousin, alors ?

– Elle doit avoir des cousins, oui, comme tout le monde. Pourquoi ?

– Comme ça.

Pause lunatique.

– Un cousin qu'elle aurait pas vu depuis longtemps, par exemple, un cousin très pâle qui travaille dans une mine à Schefferville ou à Chibougamau. Une mine qui a peut-être failli s'effondrer, d'ailleurs, comme ce qui est arrivé aux mineurs chiliens, tu te souviens, Hector ? Les 33 mineurs chiliens de Copiapo bloqués sous terre pendant 69 jours ? Il a fallu les hisser un à un jusqu'à l'air libre à travers une espèce de cylindre…

– Mais de quoi tu parles, Daphné ?

– Un an plus tard, il faut voir de quoi ils ont l'air, les miraculés. Il paraît qu'ils souffrent tous du syndrome de la star déchue. C'est très grave. Avant, toutes les caméras étaient braquées sur eux, puis maintenant, plus personne n'en parle. Peut-être que ton Anita, elle a eu peur. La peur de sa vie.

– Peur de quoi?!

– De perdre son fameux cousin mineur de Schefferville, peur qu'il se retrouve enseveli 20 mètres sous terre et n'en ressorte jamais ou en ressorte avec le syndrome de la star déchue. Ça expliquerait tout, Hector.

– Ça expliquerait QUOI, Daphné?

– Qu'elle le soigne comme elle le fait, qu'elle glisse son bras sous le sien, l'emmène à la bibliothèque avec elle, lui donne des livres à lire pour ses recherches sur les mines, fasse le marché avec lui, pousse le chariot avec lui, le serre contre elle devant la crème à 15%, pendant un temps anormalement long, d'ailleurs, ils ont complètement bloqué la circulation.

Hector regarde dans le vide, perplexe. Il ne sait rien du tout, c'est clair. Le problème, c'est que je ne sais pas si j'en ai trop dit ou pas assez.

Je me rabats sur Désirée. Qui dit amour dit Désirée. Pour les affaires de cœur, elle est toute là, ma sœur. Je dirais même qu'elle n'est là que pour les affaires de cœur.

– J'ai un problème, Désirée.

– Un autre ?

– Un problème de cœur, mais pas mon cœur à moi. C'est entre deux personnes que j'aime, mais c'est top secret, il faut que tu gardes ça pour toi.

– Accouche, Daphné.

– Il y a deux personnes en cause, une que j'aime plus que l'autre. La personne que j'aime, mais moins que l'autre, est censée être amoureuse de la personne que j'aime le plus. Mais certains indices peuvent laisser croire que la personne que j'aime moins que l'autre a peut-être, je dis bien peut-être, un autre amoureux que la personne que j'aime le plus. Et le problème, c'est-à-dire le second problème, puisque ce que je viens de te confier était le premier problème, c'est que la personne que j'aime le plus est en train de faire des projets d'avenir, projets qui ont tout l'air d'englober la personne que j'aime moins que l'autre. Comprends-tu?

– Non.

– Bon, alors essaie de t'imaginer aimant un gars et faisant toutes sortes de projets avec lui comme déménager à la campagne, construire une maison au bord de l'eau, faire pousser des légumes, couper du bois, tondre le gazon.

– Beurk. Je ferais jamais ça.

– Oublie la campagne. Tu aimes un gars qui habite au centre-ville et tu fais toutes sortes de projets d'avenir comme voyager, aller à Las Vegas, jouer au casino, te marier avec lui en robe blanche et longue traîne, passer la nuit à danser devant un gâteau écœurant de trois étages.

– Pourquoi écœurant?

– Eh bien, ce gars que tu aimes, il va à la bibliothèque et au supermarché avec une blonde, une autre blonde que toi.

– Comment je le sais?

– Tu le sais pas, justement. Mais quelqu'un qui t'aime les a vus entrer au supermarché tous les deux et ce quelqu'un-là est triste parce qu'il sait que tu sais pas et se demande si tu devrais savoir. Comprends-tu?

Longue pause, intense réflexion.

– Es-tu en train de me dire que Grégory est allé au supermarché avec cette coureuse d'Amélie Drouin?

– Ben non.

– Parce que laisse-moi te dire que si c'est le cas, je fais ni une ni deux, je les suis au supermarché.

– C'est ça que j'ai fait. Exactement ça.

– Je pousse Grégory dans le chariot avec Amélie par-dessus

– Ça, je l'ai pas fait.

– … et j'envoie valser le chariot au fond du magasin.

– Ça non plus, je l'ai pas fait.

J'ai essayé d'imaginer Anita Pomerleau au fond d'un chariot rempli de clémentines, de poulet et de crème champêtre, avec le mineur par-dessus. Désirée soufflait à s'en décrocher le cœur.

– Relaxe, Désirée, c'est pas de toi que je parle. De toute façon, ça peut pas être Grégory, il va jamais à la bibliothèque.

– Ouais, c'est vrai. Il fait jamais le marché, non plus. Ben alors, il est où, le problème ?

– Comment ça, il est où ? Je viens de te le dire.

– Ah oui. Donc, t'as une amie que t'aimes beaucoup qui est en train de se faire avoir par un gars qu'elle aime mais que t'aimes moins et qui va au supermarché avec une autre fille, et tu sais pas si tu dois le dire à ton amie, c'est ça ?

– Euh… l'inverse.

Désirée ouvre des yeux ronds.

– Il faut juste intervertir les sexes et tu as le portrait d'ensemble.

Mêmes yeux ahuris.

– Laisse tomber, Désirée. J'ai un ami, un très très grand ami, qui est peut-être en train de se faire avoir par une fille qu'il aime et je ne sais pas si je dois le lui dire.

Désirée hausse les sourcils.

– Ah ça !

– Quoi, ça ?

– Arrive en ville, Daphné. Ta danseuse de tango, ça fait un petit bout de temps qu'elle voit l'autre. Je les ai aperçus une ou deux fois, moi aussi. C'est pas vraiment top secret.

Les mots me tombent dessus comme une avalanche de grêlons. Ils s'infiltrent partout, dans mon cou, dans mon dos, dans mes jambes. J'ai froid.

– Hector, il le sait ?

– Aucune idée. Prends pas cet air-là, Daphné. Des ruptures, ça arrive tous les jours. Moi, par exemple, j'en ai vécu au moins... (elle lève les yeux au ciel, compte sur ses doigts) au moins 34. Et ça fait juste commencer. C'est la vie, Daphné.

Non, ce n'est pas la vie et moi, je n'ai jamais vu Hector souffrir, souffrir pour de bon. Il n'est pas fait pour souffrir, Hector, il est fait pour danser, construire des

maisons, couper du bois et imaginer les deux oreilles de Solange flottant au vent.

Je suis devant le comptoir de prêts en train de déposer les foutus livres sur la loyauté, l'engagement, la trahison et l'art de se mêler de ses affaires.

Anita n'est pas là mais son faux demi-frère, oui. Je m'approche.

– Si j'avais su que ça durerait pas, j'aurais pas appris à danser le tango !

Il lève les yeux de son écran, sourit.

– Bonjour, dit-il.

– Bonjour.

On se regarde pendant au moins neuf secondes et je ne sais plus trop quoi faire. Je suis comme un bulldozer prêt à démolir un édifice de 30 étages, mais tout ce que je vois, c'est une mer calme et une grande plage de sable chaud. Le sable chaud, c'est lui. Son sourire irradie, son teint a rosi, il me semble.

– C'est toi, Daphné ?

– Ouais.

– Anita m'a beaucoup parlé de toi.

– Elle m'a jamais parlé de vous et c'est tant mieux. Avant, vous n'existiez pas, à présent vous gâchez tout.

Il accuse le coup, mais hoche la tête.

– À cause d'Hector ?

Je fais oui, je suis incapable de parler.

– Tu l'aimes, Hector ?

Oui, encore.

– Anita m'a aussi parlé de lui. Elle s'en fait beaucoup.

– Alors pourquoi elle est pas avec lui pour lui expliquer ?

– Elle y est en ce moment.

J'avale de travers. Je suis là avec lui, pendant qu'Hector est en train de se faire balancer par-dessus bord.

– Si on allait marcher, Daphné ?

Il ferme son ordinateur, se lève et m'entraîne dehors.

La journée est très belle. Au-dessus de nos têtes, un gros soleil flambe. Le sourire aux lèvres, les piétons déambulent. Pas du tout une journée pour être malheureux.

J'avance comme une somnambule, je ne sais pas où on va, ça n'a pas beaucoup d'importance. De temps à autre, je lève les yeux vers le monsieur. Je ne connais pas son nom, je ne le lui ai pas demandé, je m'en fiche. Soudain, le profil d'Hector se superpose au sien. Hector est là, avec sa queue de cheval et ses projets de maison. Je dis :

– Sur le bras gauche d'Hector, il y a un tatouage avec un cœur rose recouvert de lierre.

– « Je meurs ou je m'attache », murmure le monsieur.

– Anita vous a dit ça aussi ?

– Oui.

– Eh ben, il s'est attaché, Hector.

Il met sa main sur mon épaule et on marche comme ça pendant une heure. Une heure. Le temps qu'il faut pour apprendre que le monde qu'on s'est créé vient d'éclater en morceaux, essayer de se consoler et en rebâtir un nouveau, avec de nouveaux matériaux.

– Il n'en mourra pas, ton Hector.

Je m'arrête pile et je le regarde.

– Un peu, tout de même !

Et moi, pendant cette heure-là, j'apprends des tas de choses. Comme : les malheurs des autres peuvent nous rendre plus tristes que nos propres malheurs. Comme : on peut aimer deux personnes, même si l'une d'elles fait souffrir l'autre. Ce n'est pas de la trahison, c'est la vie. Juste la vie. Comme dit Désirée.

Hector est en train de ranger les bacs de recyclage dans la remise. Il ne me voit pas. Je reste là à le regarder, ses gestes sont comme d'habitude, précis, nets. On ne dirait jamais qu'un bulldozer est passé sur sa vie.

– Ça va, Hector ?

Il ne se retourne pas. D'habitude, il le fait.

– Ça va.

Puis, plus rien. *Niet.* Je me découvre incapable d'ajouter quoi que ce soit, d'aligner les mots pour que le monde continue d'être le monde. La vie, juste la vie. Mais la vie, des fois, je la déteste.

– J'ai pensé à quelque chose, Hector.

– Quoi donc?

Il s'active toujours. Un bac après l'autre, soigneusement alignés au fond de la remise. Il a chaud, il transpire, sur son bras le cœur rose est devenu tout rouge. Je songe à la rivière, au feu de bois, à Solange qui court, à ses oreilles qui flottent au vent.

– J'ai réfléchi à tes projets d'avenir.

– Ah oui?

– Oui. Euh… je me disais que si tu pouvais patienter un peu, si… si tu pouvais attendre et si tu n'as rien de mieux à faire, tu pourrais… tu pourrais me demander en mariage.

Hector me tourne toujours le dos. Pendant une fraction de seconde, le mouvement s'arrête puis reprend de plus belle. Je dis :

– Oh ! Pas tout de suite, évidemment. J'ai mon secondaire à finir. Il y a l'université aussi, je pense que ça me tente.

La proposition n'a pas du tout l'air de l'emballer.

– Je pourrais peut-être avoir envie de voyager, aussi. Il y a une région qui m'intéresse particulièrement, le Guatemala, tu sais. À cause des Mayas.

À cause des volcans aussi, des jungles, des lacs... Il paraît que la plus grande partie du pays est restée à l'état sauvage.

Toujours rien.

– Et puis, pour être tout à fait honnête, je suis pas encore *complètement* certaine de vouloir me marier, tu comprends ? Mon idée n'est pas encore faite. Si tu me demandes en mariage, je suis pas sûre à cent pour cent d'accepter, mais je te promets d'y réfléchir.

Soudain, les épaules d'Hector se mettent à tressauter. Je fais un pas vers lui et je m'arrête.

– Pleure pas, Hector.

Je ne sais pas trop quoi faire, moi, avec ce gros bonhomme tout chamboulé.

– Des ruptures, on voit ça tous les jours, Hector. C'est la vie, comme dit Désirée. Elle, des ruptures, elle en a vécu

34. Tu te rends compte? Sans compter qu'elle va peut-être revenir, Anita. S'il fallait passer sa vie avec quelqu'un, rien que parce qu'on fait son marché avec lui! Mais si jamais elle revient pas et si tu tiens encore à ta maison, à tes légumes et à ton gazon, eh bien peut-être que je pourrais modifier mes projets. Oublier le Guatemala, par exemple.

Hector se retourne enfin et là, je ne sais plus trop s'il rit ou s'il pleure, des fois les deux se ressemblent. Je pense qu'il fait les deux à la fois. Il s'approche.

– Je prends bonne note de ton offre, Daphné. Et j'apprécie beaucoup.

Il sourit enfin, mais c'est un sourire triste, qui ne parvient pas à égayer le haut du visage. Les yeux sont graves, rouges et tout mouillés.

– On en reparlera dans... mettons 22 ans, ça te va?

– Dans 22 ans, oui, ça me va, ça me va tout à fait, Hector.

Il hoche la tête, se détourne et se remet au travail. Je n'ai plus rien à faire là, je ne peux plus grand-chose pour lui. La vie. Juste la vie. Au moment de partir, je me retourne.

– En passant, Hector, pour les feux de bois et les légumes, ça va, mais pour tondre le gazon, essaie de trouver quelqu'un, d'accord ? J'aime pas trop…

– Promis, Daphné.

Le Trio rigolo

AUTEURS ET PERSONNAGES :

JOHANNE MERCIER – LAURENCE
REYNALD CANTIN – YO
HÉLÈNE VACHON – DAPHNÉ

ILLUSTRATRICE : MAY ROUSSEAU

www.triorigolo.ca

MARQUIS

Québec, Canada

RECYCLÉ
Papier fait à partir
de matériaux recyclés
FSC® C103567

Imprimé sur du papier Enviro 100% postconsommation
traité sans chlore, accrédité ÉcoLogo et fait à partir de biogaz.